# Rafi y Rosi
# ¡Carnaval!

## Lulu Delacre

Children's Book Press, *an imprint of* Lee & Low Books Inc.
New York

*Para Matthew,*
*mi sobrinito*

Children's Books Press, an imprint of LEE & LOW BOOKS Inc.,
95 Madison Avenue, New York, NY 10016, leeandlow.com

Originally published by HarperCollins Children's Books

Cover design by Maria Mercado and Christy Hale
Book production by The Kids at Our House
The text is set in Times Regular
Manufactured in China by Imago, December 2015
Printed on paper from responsible sources
10 9 8 7 6 5 4 3 2 1
First Children's Book Press edition, 2016
Library of Congress Cataloging-in-Publication Data
Delacre, Lulu.
Rafi y Rosi : ¡Carnaval! / Lulu Delacre.—1st ed.
p. cm.
Summary: Two Latin American tree frogs, mischievous Rafi and his younger
sister Rosi, enjoy the events of Puerto Rico's Carnival season.
ISBN 978-0-89239-380-0 (CBP paperback)
[1. Tree frogs—Fiction. 2. Frogs—Fiction. 3. Brothers and sisters—Fiction.4. Carnival—
Puerto Rico—Fiction. 5. Puerto Rico—Fiction.] I. Title: Carnival! II. Title. III. Series.
PZ7.D383165Raf 2006       [E]—dc22       2006925332  CIP AC

# Índice

# Glosario

**batuteras:** Bastoneras, en Puerto Rico.

**coquí:** Una ranita arbórea común en Puerto Rico, cuyo cantar suena como su nombre.

**el entierro de la Sardina:** Farsa que cierra el carnaval de Ponce, en Puerto Rico, en la cual se llora por el pez muerto.

**el Rey Momo:** El rey del carnaval de Ponce. Lleva una máscara de cabezudo hecha con cartón piedra.

**periscopio:** Instrumento óptico utilizado para ver objetos que están fuera del campo normal de visión.

**Ponce:** Ciudad sureña de la isla de Puerto Rico.

**vejigante:** Disfraz de carnaval cuyo nombre se deriva de las vejigas infladas que incluye, que se llevan en las manos y sirven para hacer ruido y asustar a la gente.

# Reina
# por un día

Rafi Coquí

estaba muy ocupado.

Fabricaba una máscara

para el carnaval de Ponce.

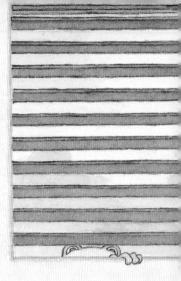

—Rafi, ¡ven aquí!

—Rosi lo llamó desde afuera—.

¡Colúmpiame!

—Ahorita —dijo Rafi.

—POR FAVOR —suplicó Rosi.

Rafi no quería

interrumpir lo que hacía.

Miró a su alrededor en busca de

algo para entretener a su hermanita.

A su lado tenía la sección

del periódico

que anunciaba el carnaval.

Eso le dio una idea.

—¡Oye! Consíguete

un traje de reina

—dijo.

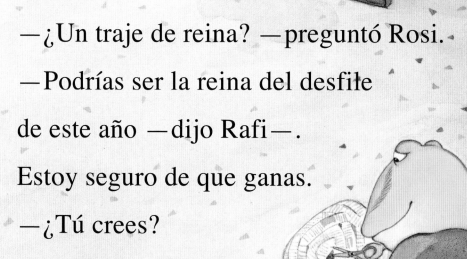

—¿Un traje de reina? —preguntó Rosi.

—Podrías ser la reina del desfile

de este año —dijo Rafi—.

Estoy seguro de que ganas.

—¿Tú crees?

—preguntó Rosi.

—Seguro que sí —dijo Rafi—.

Doña Carmen, la vecina,

es uno de los jueces.

Rosi entró

y recogió el periódico.

Miró las fotografías por

un largo rato.

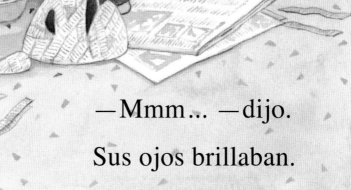

—Mmm... —dijo.

Sus ojos brillaban.

Rosi corrió a la caja de disfraces.

De allí sacó

el pañuelo verde claro,

el pañuelo rosado vivo,

el pañuelo azul cielo

y la corona de plumas rojas.

Se lo probó todo.

Saltó y giró

frente al espejo.

—Mmm... —dijo—,

me falta algo.

Rosi se fue de puntillitas hasta

el cuarto de su mamá y se puso

un collar de perlas falsas,

dos pulseras plateadas

y sortijas grandes

en cada uno de los dedos.

Bailó y le hizo reverencia

al público imaginario del espejo.

—Mmm... —dijo—,
todavía me falta algo.

Rosi buscó
en la gaveta de
cosméticos de su mamá
y encontró un
pintalabios rojo vivo.
Se pintó los labios
brillantes y dulces.

—¡Me voy a ser la reina del carnaval!

—dijo Rosi.

Se marchó por la puerta delantera

y la cerró fuertemente detrás de ella.

Rafi alzó la vista.

¿Se acababa de ir su hermanita?

—¡Rosi! —la llamó.

Rosi fue dando saltitos

hasta la casa de doña Carmen.

Rafi la seguía.

Rosi abrió el portón.

—Hola, Rosi —la saludó doña
Carmen—. ¿Ya estás lista
para el carnaval?

—Hola, doña Carmen —dijo Rosi—.
Vengo para que me escoja de reina.

—Ay, Rosi —dijo doña Carmen—,
lo siento, pero este concurso
es para mayores.

—Pero Rafi me dijo que

seguro que yo ganaba —dijo Rosi,

su boca ahora muy pequeñita.

Rafi se arrimó al portón.

Doña Carmen se lo quedó mirando.

Rafi se encogió de hombros.

—Vamos para casa Rosi —dijo Rafi—.

Te empujo en el columpio.

—¡NO! —chilló Rosi

y corrió todo el camino a casa

para esconderse

en su cuarto.

Fuera del cuarto de Rosi,

Rafi la oía sollozar.

¿Qué podría hacer ahora?

Salió al patio.

En un rincón vio su

vieja vagoneta.

—¡Ya sé!

—exclamó.

Rafi volvió a entrar.
Cuando salió otra vez,
traía una gran caja
llena de cosas.

Adentro había
latas vacías,
cordel,
rollos de papel crepé,
goma, tijeras
y todas sus pinturas y sus brochas.

Se puso a trabajar.

Midió y cortó,

pegó y ató,

pintó y decoró.

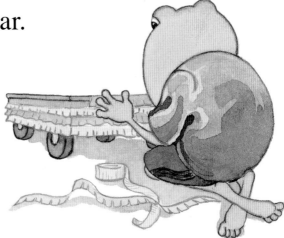

Una vez que había

terminado,

se paró a mirar

lo que había hecho.

—¡Rosi! —la llamó Rafi—.

Tengo una sorpresa para ti.

—¿Qué es? —preguntó Rosi.

Rafi la tomó de la mano

y la llevó al patio.

¡Mira eso! —dijo Rosi.

—Con esta carroza
serás reina por un día —dijo Rafi.

Rosi le dio un gran abrazo a Rafi.

Esa tarde,

dentro de la vagoneta

convertida en carroza,

Rosi radiaba de alegría

mientras paseaba por la calle

en su propio desfile.

—¡Perfecto! —dijo Rafi—.

Con este segundo espejo

en mi periscopio podré ver

hasta el fondo de la calle

sin salir de la casa.

—Rafi, ¡el desfile! —lo llamó Rosi.

Rafi escondió su periscopio.

—Hoy comienza el carnaval
—dijo Rosi—. Tía Marta dice
que el desfile pasará pronto.
¡Tenemos que salir a verlo!

—Oh sí, el desfile —dijo Rafi—,
yo lo veré desde aquí.

Rafi se sentó

junto a la ventana cerrada

y se reclinó en la mecedora.

—Tienes que salir —dijo Rosi—,

no puedes ver el desfile desde aquí.

—Oh, sí que puedo —dijo Rafi—.

Tengo vista de rayos X.

—¿Vista de rayos X? —preguntó Rosi.

—Sí —dijo Rafi—, te enseño. Párate

en la puerta para oír cuando

anuncie quién viene por ahí.

—¿De verdad puedes ver
a través de las paredes?
—preguntó Rosi.
—Seguro —dijo Rafi—.
Ya te dije,
tengo vista de rayos X.

Rosi salió.

Las aceras estaban atestadas.

La música de los tambores

se oía cada vez más fuerte.

Desde adentro Rafi anunció:

—¡Aquí viene el Rey Momo

vestido de rojo y amarillo!

Rosi brincó para poder ver mejor.

Rafi tenía razón, allí venía el rey.

Rosi miró los ventanales

que daban al balcón.

Las celosías estaban cerradas.

—Rafi debe estar adivinando

—dijo ella.

—¡Mira, Rosi! —llamó Rafi—.

¡La carroza de la reina del carnaval!

Rosi se estiró para poder ver

en torno a la gran maceta

con la palma.

—La reina lleva lentejuelas
y plumas de pavo real —dijo Rafi.

La joven reina saludó a Rosi.

Estaba vestida tal como

lo había dicho Rafi.

—¡Increíble! —exclamó Rosi—.

¿Cómo hiciste eso?

Pero Rafi no la oyó.

Estaba a punto de anunciar

el próximo participante

del desfile.

—¡Rosi! —gritó Rafi—.

Por ahí vienen los vejigantes

con sus máscaras de espanto.

—Aquí hay algo raro

—murmuró Rosi.

Rosi entró de puntillitas a la casa.

Sentado en la mecedora,

Rafi estaba mirando por

un tubo de cartón.

Rosi salió y notó

que el tubo sobresalía

por un hueco roto en las celosías.

Rosi miró

directamente dentro del tubo.

—¡Ay no! —exclamó Rafi.

El tubo desapareció por la ventana.

—¡Ja! —dijo Rosi, meneando la cabeza.

Corrió hacia adentro.

—¿Qué era eso que tenías

en la mano? —preguntó ella.

Rafi bajó la vista.

Entonces miró a Rosi a los ojos.

—Bueno… —dijo él.

Finalmente, le mostró su periscopio.

—Con esto puedes mirar
hasta el final de la calle
sin salir del cuarto —dijo.

—¿Cómo? —preguntó Rosi.

Rafi le explicó que uno
de los espejos inclinados reflejaba
la imagen de la calle
en el otro más cercano.

Rosi lo probó.

De veras funcionaba.

—Pero Rafi —dijo Rosi, devolviéndole
el periscopio—, a mí me gusta
ver las carrozas de cerca.

—Mmm… —dijo Rafi—, supongo
que al estar afuera te sientes
más parte del carnaval…

—¡Sí, sí! —gritó Rosi—.

¡Vamos antes

de que se acabe todo!

Ambos corrieron afuera.

Encaramados en el balcón
de la casa de tía Marta,
Rafi y Rosi Coquí
saludaron, rieron
y canturrearon…

…ambos fascinados

por las vistas y los sonidos

del primer día del carnaval.

# La máscara terrible

La multitud estaba animada.

Grandes y chicos

bordeaban la ruta del desfile

durante las últimas horas del carnaval.

—¡Sube al árbol! —dijo Rafi—.

Desde allí podrás ver

el entierro de la Sardina.

El Rey Momo lo encabeza.

—¿Un entierro? —preguntó Rosi—.

¿Es por eso que todos lloran?

—Es teatro —dijo Rafi—.

Fingen estar tristes

por el pez que murió.

—Sí —dijo Rosi—,
veo a la reina riéndose.

—Dicen —continuó Rafi—,
que el ataúd de la Sardina
está lleno de caramelos. Espero
conseguir muchos. ¿Y tú?

Pero Rosi no contestó.

Estaba encantada

con los lamentos y cantos

provenientes de la tarima.

Rafi miró a Rosi.

—Ahora sí —se dijo a sí mismo.

Saltó del árbol

y buscó debajo del banco.

Allí escondía el traje sedoso

y la máscara terrible

de su disfraz de vejigante.

Para Rafi, la mejor parte

de vestirse de vejigante

era asustar a sus amigos.

—Apuesto a que Rosi pega un grito.

Rafi sonrió al pensarlo.

—Este año sí que

mi máscara espanta.

Escondido tras su máscara,

Rafi se mezcló con el gentío

y lo cruzó hasta encontrar

el lugar perfecto.

Cuando llegó el momento preciso,

saltó frente a Rosi

y gritó: —¡ARRRGH!

—¡Ay no! —chilló Rosi—.

¡Vete de aquí!

Rosi bajó del árbol y corrió
hasta el otro lado de la plaza.
Se deslizó bajo la tarima
para esconderse del vejigante
y de su máscara terrible.
Apenas podía respirar.

De a poquito, Rosi se calmó

y espió tras el papel decorativo

de la tarima.

Quería encontrar a Rafi

para contarle lo ocurrido.

Pero dondequiera que miraba

aparecía la máscara terrible.

Vio que el vejigante se acercaba,

y cuanto más se acercaba,

más rápido latía su corazón.

—¿Dónde estará Rafi?

—se preguntaba.

El vejigante malo se quitó
su máscara terrible.
A Rosi se le escapó
el más diminuto
chillido.

¡Era Rafi!

—¡Cómo se atreve! —dijo ella—.

Él sabe lo que me asustan

los vejigantes.

—¡Rosi! —Rafi la llamó—.

¿Dónde estás? Mira,

sólo soy yo. ¡ROSI!

Pero Rosi no decía nada.

Rosi vio a Rafi
hablar con
los vendedores.

Lo vio regresar y buscarla
donde habían estado sentados.

Lo vio dejar su máscara
para treparse al árbol más alto
y buscarla entre el gentío.
Pero Rosi no salió.

Entonces Rafi se arrimó

al borde de la tarima.

—¡He perdido a mi hermanita!

—Rosi lo escuchó gemir.

Así fue, que muy dentro de ella

algo se disipó

y Rosi soltó una sonrisita.

—¡Aquí estoy! —gritó Rosi,
y brincó fuera de su escondite.
—¡Rosi! —suspiró Rafi.

Corrió hacia Rosi
y la alzó en el aire
justo cuando
comenzaba
a caer una lluvia dulce.

Esa noche llovieron
muchos caramelos.
Eran regalos para todos
de la reina del carnaval.

# ¿Qué sabes sobre...

## ...el carnaval?

Todos los años, durante el mes de febrero, las calles del mundo se animan con la algarabía del carnaval. En España, al igual que en muchos países de Latinoamérica, la gente celebra con desfiles, música y comida y bebida durante la semana que precede al Miércoles de Ceniza.

El carnaval de Ponce, en Puerto Rico, data del año 1858. Hoy en día, el pueblo de esta ciudad sureña amante de las tradiciones lo celebra con personajes antiguos, algunos de los cuales tienen sus raíces en España. Entre estos personajes carnavalescos están el Rey Momo, los vejigantes y la Sardina. Hay que ser elegido para ser rey o reina del carnaval. Sin embargo, cualquiera puede disfrazarse de vejigante y merodear las calles asustando a los demás con una máscara de cartón piedra, un mameluco colorido y las vejigas que hacen ruido cuando se las levanta. Es de dichas vejigas que proviene el nombre del vejigante enmascarado.

Durante siete días, grandes y chicos celebran con un desfile de carrozas, reinas, bandas y batuteras. El entierro de la Sardina culmina las festividades. Al final de dicho entierro, desde la tarima, la reina del carnaval rocía los niños con caramelos que saca del ataúd.

## ...cómo transformar una vagoneta en carroza?

Necesitarás: una vagoneta, rollos de papel crepé de dos colores diferentes, cinta adhesiva, goma, una caja de cartón (opcional), de 8 a 10 latas vacías, cordel, cartulina de colores y tijeras.

1) Corta flecos en las tiras de papel crepé. Pega el papel en hileras a los lados de la vagoneta, comenzando por la parte inferior y alternando los colores. Los lados deben quedar totalmente cubiertos.

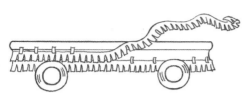

2) Si deseas, puedes decorar la caja de cartón para convertirla en un trono.

3) Enjuaga cada lata. Pídele a un adulto que le quite la tapa a cada una y le haga un pequeño agujero en el fondo. Cubre los lados de las latas con cartulina de colores brillantes. Si quieres, puedes dibujarles diseños.

4) Toma un cordel largo y pásalo por el agujero de una lata, haciendo un nudo gordo adentro. Pasa el cordel por el agujero de otra lata, anúdalo, y continúa haciendo esto hasta que hayas hecho una ristrade 4 o 5 latas.

5) Pega varias ristras de latas con cinta adhesiva en la parte de atrás de la vagoneta.

Cuando arrastres tu vagoneta, ¡el ruido de las latas anunciará tu llegada!

## ...cómo hacer un periscopio?

Necesitarás: un tubo largo de cartón como el que viene con los rollos de papel de regalo, dos espejos pequeños y ovalados que quepan en el tubo, tijeras, cinta aisladora gruesa y negra.

1) Corta un tercio del diámetro de una punta del tubo hasta llegar hasta una pulgada del borde. Haz lo mismo con el lado opuesto.

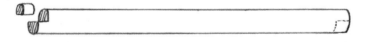

2) Pega los espejos paralelos el uno al otro a los lados opuestos del tubo. Cubre las grietas abiertas de cada punta con la cinta adhesiva negra, como lo muestra el diagrama.

espejo — cubre la grieta con cinta adhesiva negra

cubre con cinta adhesiva negra

espejo

3) Limpia los espejos. En el espejo más cercano a tu ojo, verás la imagen que refleja el otro espejo. Mira bien, porque la imagen que verás será pequeña.

4) Ahora trata de mirar dentro de un cuarto, ¡sin ser visto!

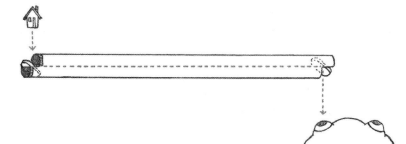

## ...cómo hacer una máscara de vejigante?

Las máscaras de vejigante están hechas de cartón piedra. Los moldes tradicionales se hacen con arcilla o cemento. Tradicionalmente se utilizan cuernos de vaca verdaderos como moldes para hacer los cuernos de la máscara. Aquí tienes una versión más simple de cómo hacer una máscara.

Necesitarás: un globo redondo que inflado sea tan grande como tu cabeza, tijeras, tiras de papel de periódico, agua, harina corriente, un recipiente de plástico, círculos de papel de 8 a 10 pulgadas de diámetro, cinta adhesiva, pinturas de colores brillantes, brochas, un elástico ancho.

1) Con la ayuda de un adulto, mezcla una parte de harina con dos partes de agua y cocínala hasta que quede hecha un engrudo. Deja enfriar la mezcla.

2) Pon el globo sobre una superficie de trabajo segura. Moja tiras de periódico en el engrudo y suavemente adhiérelas al globo, alisando las arrugas. Repite el proceso, pegando las tiras sobre una mitad del globo hasta cubrirla con al menos tres capas de papel. Coloca el globo en un plato de plástico hondo, apoyándolo sobre la mitad limpia. Déjalo secar durante toda la noche.

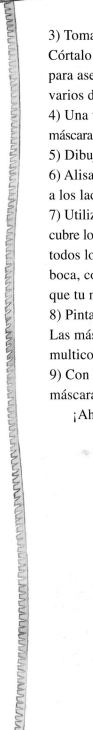

3) Toma un círculo de papel de por lo menos 8 pulgadas de diámetro. Córtalo por la mitad. Enróllalo, formando un cono, y pega los bordes para asegurarlo. Estos conos serán los cuernos de tu máscara. Fabrica varios de ellos.

4) Una vez que tu máscara esté seca, revienta el globo y sepáralo de la máscara. Pruébate la máscara y corta los bordes según el contorno de tu cara.

5) Dibuja aperturas para los ojos y la boca y córtalas.

6) Alisa los bordes de los conos y pégalos con cinta adhesiva al tope o a los lados de la máscara.

7) Utilizando más tiras de papel de periódico humedecidas en el engrudo, cubre los conos y asegúralos a la máscara. Alisa bien las tiras. Luego cubre todos los bordes de la máscara, incluyendo los bordes de los ojos y la boca, con tiritas de papel de periódico humedecidas en engrudo. Deja que tu máscara se seque durante la noche.

8) Pinta tu máscara seca con pintura de acrílico de colores brillantes. Las máscaras ponceñas tradicionales suelen decorarse con puntitos multicolores. Deja que se seque la pintura.

9) Con la ayuda de un adulto, pon un elástico en el reverso de la máscara para que te la puedas poner.

¡Ahora eres un vejigante!

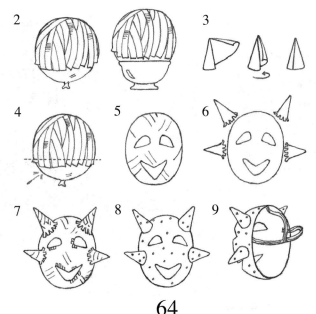